好久处就在

［德］安妮·里克特　文

［德］扎比内·海涅　图

高渝梅　译

上海教育出版社

SHANGHAI EDUCATIONAL
PUBLISHING HOUSE

好处就在……

HAOCHU JIU ZAI…

Text by Anne Rickert

Illustration by Sabine Heine

Originally published under the title:

Das Gute Daran

© 2016 Tyrolia-Verlag,Innsbruck-Vienne

Chinese simplified translation copyright © 2017 by Shanghai Educational Publishing House

ALL RIGHTS RESERVED

上海市版权局著作权合同登记号 图字09-2017-216号

图书在版编目(CIP)数据

好处就在……/（德）安妮·里克特文；（德）扎比内·海涅图；
高渝梅译. 一上海：上海教育出版社，2017.10
（星星草绘本之心灵成长绘本）
ISBN 978-7-5444-7801-4

Ⅰ.①好… Ⅱ.①安…②扎…③高… Ⅲ.①儿童故事-图画故事-德国-现代 Ⅳ.①I516.85

中国版本图书馆CIP数据核字(2017)第241934号

作　　者　[德]安妮·里克特/文
　　　　　[德]扎比内·海涅/图
译　　者　高渝梅
策　　划　心灵成长绘本编辑委员会
责任编辑　李京哲　王爱军
美术编辑　林炜杰

心灵成长绘本

好处就在……

出版发行　上海教育出版社有限公司
官　　网　www.seph.com.cn
地　　址　上海市永福路123号
邮　　编　200031
印　　刷　上海中华印刷有限公司
开　　本　889×1194 1/16 印张 2.25
版　　次　2017年10月第1版
印　　次　2017年10月第1次印刷
书　　号　ISBN 978-7-5444-7801-4/I · 0082
定　　价　28.80元

如发现质量问题，读者可向本社调换 电话：021-64377165

在我很小的时候，爸爸妈妈就分开了。那时，爸爸妈妈经常发脾气，或是很难过，所以我肯定也很不开心。

和爸爸妈妈一起生活的那段日子，我几乎记不起来了。

好处就在，他们现在各住各的，又重新快乐起来了。所以我也很开心——除此之外，现在我有两个属于自己的儿童房。

在一些周末和不是周末的日子里，我跟爸爸住。

好处就在，他比以前有更多的时间陪我。

在一些周末和绝大多数不是周末的日子里，我跟**妈妈**住。
好处就在，妈妈那儿有一只猫咪。

当每次爸爸来幼儿园接我的时候，他总是来得特别晚，其他小朋友都已经走了。

　　好处就在，蒂娜阿姨在假期的夜里听到的青蛙音乐会，只会讲给我一个人听。

　　当每次妈妈来幼儿园接我的时候，她总是来得特别早。其实我还不想回家呢。

　　好处就在，妈妈根本找不到我，因为我"藏猫猫"藏得特别好。

　　当我跟爸爸住的时候，我们每天晚上都吃烧烤——无论是春天、夏天还是秋天。

　　好处就在，我可以用手抓着吃。

当我跟妈妈住的时候，晚上，妈妈会给我煮麦片粥加蜜汁樱桃。

好处就在，我可以穿着柔软的红浴袍。

当我跟爸爸住的时候，我们总是一起冲淋浴。

好处就在，有爸爸的肚子挡着，就不会有那么多的水溅到我。

当我跟妈妈住的时候，我当然是在浴缸里泡澡。

好处就在，妈妈经常和我一起泡。于是我就变成了一只海豹宝宝，妈妈的肚子就变成了海豹玩耍的沙滩。

当我跟爸爸住的时候，晚上我们会玩乐高积木，一直玩到很晚。

好处就在，即使这样，爸爸还是会和我再一起看漫画书。书一会儿就看完了，因为里面的字不多。

当我跟妈妈住的时候，晚上我们会舒服地躺在沙发上。

好处就在，妈妈会一口气给我讲两个很长的故事，因为这些故事她自己也很喜欢。

当我跟爸爸住的时候，有时候会连着三天穿同一件 T 恤。

好处就在，我和爸爸谁都不会介意。

当我跟妈妈住的时候，有时候会被邀请参加庆祝活动，于是我会专门穿上衬衫。

好处就在，扣纽扣的时候，我就已经感受到了欢庆的气氛。

当我跟爸爸旅行的时候，我们会去海边，游一整天泳。
好处就在，沙滩上的蓬椅正好有我和爸爸两个人的位置。

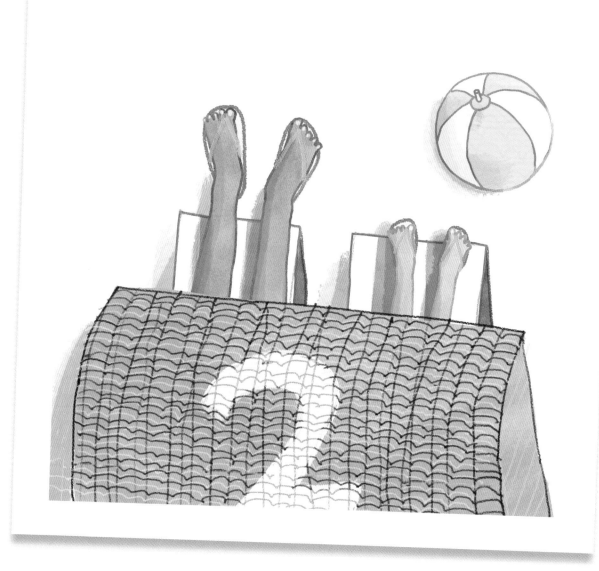

当我跟妈妈旅行的时候，我们会去山里，爬一整天的山。

好处就在，山顶上的十字架下，正好有我和妈妈两个人落脚的位置。

当我跟爸爸住的时候，爸爸有时在家里还要工作。

好处就在，我在爸爸那儿有一套牛仔的装束——牛仔总是一个人上路的。

当我跟妈妈住的时候，妈妈有时要和朋友煲电话粥。

好处就在，我在妈妈那儿有好多好多积木——摩天大楼最好由一个人来盖。

当我跟爸爸住的时候，偶尔会特别特别想念妈妈。

好处就在，爸爸会让我骑在他肩上，我们一起去森林里散步。

当我跟妈妈住的时候，偶尔会特别特别想念爸爸。

好处就在，妈妈会坐到我身边，我们一起用金色的纸做许多星星。

当我跟爸爸住的时候，有时想骑自行车。我的自行车通常都放在妈妈那儿。

好处就在，我们得去拿。于是爸爸妈妈就会聊会儿天，然后骄傲地看着我说，自行车又变小了。

安妮·里克特（Anne Rickert）

曾攻读文化经济学专业，是人力及管理发展领域的专家。现作为传媒顾问、主持人和媒体人，在德国斯图加特工作。作为两个孩子的单身母亲，她的经历促成了这本绘本的诞生。

扎比内·海涅（Sabine Heine）

曾攻读建筑学，是一位建筑师，直到发现自己对插画的热情并以此为业。现主要从事建筑插图设计，生活在荷兰鹿特丹。有两个上小学的孩子，这为她创作这本绘本的插画提供了灵感。

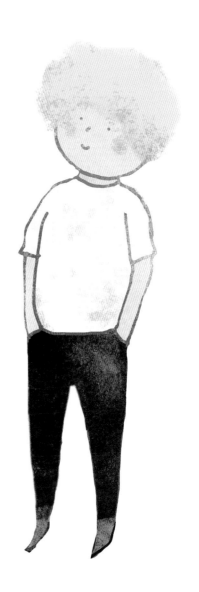